FOLIO JUNIOR

Marion Muller-Colard

Prunelle de mes yeux

GALLIMARD JEUNESSE

À mes prunelles, mes lunettes,
mes opticiens du quotidien,
à notre famille avec vue sur la vie.

Chapitre 1
Adolescence précoce

Il faut dire aussi qu'ils m'ont appelée Prunelle.

Et après ils s'étonnent que je fasse une « adolescence précoce ». C'est le diagnostic de ma mère. Il est tombé hier soir, alors que j'étais couchée. Mes parents étaient dans le salon, et moi l'oreille collée au mur de ma chambre. Entre mon oreille et le mur, j'avais disposé le verre de lait que ma mère m'apporte tous les soirs en pensant que ça m'aide à dormir, « comme quand tu étais petite, ma Prunelle ». Et un bisou papillon que je dois attraper pour faire de beaux rêves.

Bref, hier soir, j'ai bu d'un trait le verre de lait, j'ai raclé d'un doigt le miel qui colmatait le fond, j'ai collé le verre au mur. C'est mon père qui m'a appris ça : imparable. Le son est amplifié et c'est comme si vous étiez dans la pièce d'à côté. Presque.

C'est ainsi qu'au milieu de quelques murmures inaudibles, j'entendis ma mère affirmer de sa voix hyper aiguë de quand elle a envie de pleurer mais qu'elle se retient :

– Elle fait une adolescence précoce, je ne vois pas d'autre explication.

Et c'était comme si j'avais pu voir mon père faire rouler entre ses grosses mains son verre de porto en regardant ses pieds.

Il faut dire que ma mère est psychologue. Comme c'est son métier de comprendre ce qui se passe dans la tête des gens, c'est difficile de la contredire quand elle dit des choses comme ça. Quand mes parents se disputent, mon père est toujours perdant. Elle lui dit des mots très compliqués qui d'après moi ne veulent pas dire grand-chose, parfois même, elle lui parle de ses parents à lui. Elle lui retourne le cerveau et il se retrouve le bec cloué, sans avoir rien vu venir – même après vingt ans de mariage !

Il est comme ça, mon père, il a toujours l'air étonné. Il donne toujours l'impression de ne pas avoir été préparé à ce qui arrive, même si ce qui arrive est aussi prévisible que le repas de midi à midi, par exemple. Il est physicien, hyper spécialisé dans l'infiniment grand et l'infiniment petit, mais tout ce qui est de taille moyenne, perceptible à l'œil nu et à portée de main, ça le met mal à l'aise. Or la VIE est remplie de choses perceptibles à l'œil nu et à portée de main. Comme moi, par exemple, sa fille. Unique.

Bref, cette histoire d'adolescence précoce l'a laissé muet ; quant à moi j'ai remis mon casque sur les oreilles et je me suis endormie avec mon vieil ami Bach, le seul type au monde qui vaille la peine d'être écouté. Dans mon lecteur MP3, il n'y a que ça : Johann Sebastian Bach. Quand je passe devant ma mère, je fais mine de gratter sauvagement une guitare électrique imaginaire en hurlant des trucs dégueu, mais en réalité, j'ai un doux son de violoncelle dans les oreilles.

« Adolescence précoce ». Elle n'a rien trouvé de plus bidon. D'autant qu'il ne faut pas être psy pour savoir que quatorze ans, c'est l'adolescence tout court, pas précoce du tout. Et je dirais même : adolescence un peu à la bourre, pour ce qui me concerne. Aujourd'hui, je me demande comment j'ai pu marcher si longtemps dans la combine et être aussi arrangeante avec les délires de ma mère.

Ma mère c'est PROTECTOR.

Ce n'est pas une mère, c'est un garde du corps.

Et maintenant, ça suffit. J'ai d'abord employé

la méthode douce (la « discussion », un truc qui parle beaucoup aux psys). Mais puisque ça n'a pas marché, j'emploie la méthode forte : cela fait une semaine que je n'ai pas adressé la moindre parole à mes parents. Et pour cause.

J'avais ENFIN obtenu de ma mère qu'elle ne vienne plus me chercher à la sortie du collège.

Chaque année, elle photocopie mon emploi du temps, elle le glisse entre son bureau et le sous-main en verre sur lequel elle prend ses notes toute la journée, et elle cale ses rendez-vous en fonction de mes heures de cours. Elle m'accompagne le matin, vient me chercher à midi, me raccompagne l'après-midi et vient me rechercher le soir. Sachant que le collège est à deux cent cinquante et un mètres de la maison (j'ai compté), c'est vraiment ridicule.

Ridicule qui n'échappa d'ailleurs pas à mes camarades de classe, dès la rentrée de sixième. Ils ont bien eu quelques difficultés à me trouver un surnom plus niais que mon propre prénom, mais finalement, ils ne se sont pas trop mal débrouillés en me surnommant Fifille. J'en aurais presque regretté Prunelle – question d'habitude.

L'autre soir à table, sous le regard de chouette effraie de mon père, j'ai donc supplié ma mère de mettre fin à mon supplice. Aujourd'hui, je ne m'explique pas comment je n'y ai pas pensé plus tôt. Quant à elle, son premier réflexe a été de lever l'index pour objecter mais, à ce moment-là, mon père a plissé les yeux et froncé légèrement les sourcils. Elle s'est arrêtée net et a accepté de ne plus venir me chercher.

– Plus JAMAIS, JAMAIS, JAMAIS ?

Ma mère a semblé vérifier quelque chose en lançant un rapide coup d'œil vers mon père.

– Plus jamais, a-t-elle dit d'un ton de vaincue.

Et mon père a cligné des yeux.

Ça doit être un code entre eux, cette histoire d'œil plissé, de sourcils froncés, de regard en coin. C'est assez discret – de l'extérieur, on n'y voit que du feu. Mais moi j'ai l'œil aiguisé d'un rapace : c'est de famille. Et ce jour-là, j'ai bien compris que je devais ma victoire au jeu de regard de mon père.

J'ai donc vécu quelques jours heureux. Non. En fait, le premier jour a été le pire, puisque tout le monde dans ma classe a noté le changement, et que les vannes ont redoublé pour l'occasion. Puis, il y a eu comme une lassitude. Dès le deuxième jour, les Fifille s'essoufflaient en fin de récré et, le troisième jour, ô joie ! on m'ignorait enfin. Je dois dire que la remplaçante de la prof de français m'a filé un sacré coup de main avec son bégaiement qui la faisait trébucher sur tous les mots de trois syllabes ou plus. Le mot « dictionnaire » était pour elle un vrai calvaire, et ça a occupé mes camarades pendant une bonne semaine. J'avais une paix royale.

Mais voilà que mardi dernier, ma mère a craqué. Je ne sais pas ce qui s'est passé dans sa tête, dans sa vie ou dans sa journée, mais à midi elle était là, plantée devant la grille du collège, droite comme un i dans son petit tailleur ajusté, à hisser le menton vers la ligne d'horizon en scrutant la cour d'un regard inquiet. Sait-on jamais, le cours de chimie aurait pu mal tourner et j'aurais pu être transformée en tube à essai. On n'imagine pas les risques encourus par une collégienne pendant une demi-journée de cours. Personne n'imagine, sauf ma mère. Ma mère, elle, imagine TOUS les risques que je peux courir dans N'IMPORTE QUELLE situation, même les risques les plus improbables. Ma tante raconte que quand j'étais bébé, mon père a dû lui interdire fermement (d'un regard en coin) d'acheter un *babyphone* avec option caméra pour qu'elle puisse non seulement m'entendre mais aussi me voir dès que je dormais dans une autre pièce. Parce que, évidemment, elle avait peur que je fasse un arrêt cardiaque, un arrêt respiratoire, que je tombe de mon lit, qu'un dinosaure survivant depuis des millénaires et bien planqué jusqu'ici surgisse dans ma chambre et aiguise ses dents sur ma peau de bébé.

Mardi dernier, elle était donc là, comme toujours. Elle est là, partout, tout le temps, et moi, ça me rend dingue.

Je ne sais pas combien de temps je vais devoir faire la carpe avant qu'elle comprenne et me laisse un peu respirer.

Certes, mardi dernier, elle s'est assez vite rendu compte qu'elle avait commis une ÉNORME erreur en s'offrant d'elle-même une dérogation pour venir me chercher. Je n'ai rien dit, mais ma mâchoire tremblait de rage et je lui ai lancé un regard assassin qui m'a glacé le sang à moi-même. Elle a tendu la main pour attraper mon sac (qu'elle estime bien trop lourd pour ma colonne vertébrale en croissance), je me suis dégagée d'un violent coup d'épaule et je suis rentrée à la maison d'un pas sec et efficace. Je l'entendais trottiner sur ses talons hauts quelques mètres derrière moi. Elle s'est excusée, a prétexté qu'elle voulait m'emmener faire du shopping entre midi et deux, a bredouillé que ça aurait pu être sympa un déjeuner en tête à tête pour couper la journée du mardi qui, d'après elle, est une journée beaucoup trop chargée pour moi, a tenté une similicolère genre « Bon, ben excuse-moi de penser à toi », a soupiré, s'est pris un talon dans le trou d'une plaque d'égout, a fulminé, puis s'est enfin tue. Moi, je restais imperturbable.

Je ne suis pas très forte en colère, habituellement. Et surtout pas avec ma mère. Je ne sais pas trop comment l'expliquer… C'est un peu comme si j'avais copié mille lignes de : « Je ne dois pas me mettre en colère contre ma mère. » Et quand la moutarde me monte au nez, je ferme les yeux, je respire un bon coup, et j'appuie sur la touche EFFACER. J'oublie, comme si de rien n'était. C'est comme ça depuis l'histoire de « la queue de diplodocus ».

« La queue de diplodocus », ça s'est passé la première fois que j'ai été hyper fâchée contre ma mère. Je m'en souviens comme si c'était hier. J'avais six ans et ma meilleure amie, Fanny, avait demandé à ses parents de m'emmener avec eux pour un week-end à la mer. Ils étaient d'accord mais, évidemment, ma mère a dit non. Alors j'ai senti quelque chose de terrible me traverser le corps, comme un tremblement de terre interne, quoi. C'était tellement fort que j'en ai même oublié ce qui venait de se passer, le week-end à la mer, le non de ma mère. La colère, telle une tornade, emportait sur son passage jusqu'à sa raison d'être, ma frustration de louper ce week-end, ma tristesse. J'étais une colère sur pattes, une colère tout entière. Alors, je suis allée dans ma chambre tout doucement, prudemment. J'avais même peur de mes mouvements. Mon père m'a rejointe ; j'étais paralysée sur mon lit. Il avait l'air un peu inquiet, il aurait préféré que je pleure. Alors, sans réfléchir, je lui ai dit :

– Je dois faire attention, avec ma queue de diplodocus, je pourrais tout détruire.

J'étais passionnée de dinosaures et mon père m'avait offert, pour mon anniversaire, un voyage à Paris et une journée au Muséum d'histoire naturelle. J'avais vu la reconstitution d'un squelette de diplodocus, mon dinosaure préféré. Il a beau être végétarien, il vaut mieux ne pas lui chercher d'ennuis. Et à six ans, je savais déjà qu'un coup de queue de diplodocus pouvait déraciner un baobab et modifier durablement le paysage. Il tenait en respect les plus féroces des dinosaures, tyrannosaures compris.

À six ans donc, avec ma colère et mes références en histoire naturelle, j'avais l'impression qu'une queue de diplo m'avait poussé dans le dos et que j'allais tout faire péter. Ça m'a terrorisée.

Pour mes dix ans, ma mère m'a offert un cahier dans lequel elle avait noté toutes les choses un peu marquantes que j'avais dites ou faites depuis ma naissance, premier sourire, premier mot, collection des premiers dessins, premiers pas… Elle a noté cette histoire-là, la queue du diplodocus. Je crois que c'est à partir de ce moment-là que je n'ai plus eu d'amis.

À partir de ce moment aussi que j'ai eu peur de ma colère, et que je n'ai plus laissé de queues de diplo me pousser dans le dos et dévaster tout sur leur passage.

Maintenant, c'est fini. De toute façon, les queues de diplodocus n'ont jamais attendu l'accord de personne pour pousser et, depuis la trahison de ma mère mardi dernier, je m'en trimbale une sans bien contrôler la bête. Tant pis. Pour limiter les dégâts, j'évite au moins de parler. J'ai peur de dire des horreurs que je pourrais regretter. J'ai presque peur de la tuer. Alors, je me tais. Et j'ai l'impression que les mots de rage que je ravale descendent un à un dans la queue de diplo et la font encore pousser.

Mais si ma mère ne tient pas sa parole, je ne vois pas pourquoi je lui donnerais la mienne.

Aujourd'hui mardi, ça fait donc une semaine que je n'ai plus dit un mot et que j'ignore toutes ses tentatives de dialogue. Évidemment, elle n'a plus risqué de venir me chercher ni à midi, ni le soir. Mais elle n'a toujours rien compris à rien. Ce matin, j'arrive dans la cuisine et j'ai sous les yeux la preuve que, dans le fond, tout ça n'a pas fait tilt dans sa petite tête : sur la table du petit déjeuner, un bol de chocolat chaud fumant trône au milieu de trois tartines beurrées, une couverte de cacao en poudre, une de miel et une de confiture d'abricots aux amandes. Cela fait dix ans que ça dure. DIX LONGUES ANNÉES pendant lesquelles le décor et le contenu de mon petit déjeuner n'ont pas évolué. Et sur mon bol, un Post-it en forme de cœur sur lequel elle n'a rien osé écrire. Du pur délire.

Si c'est comme ça, il me reste à entamer une grève de la faim.

J'entends une douche couler dans la salle de bains. D'un coup d'œil rapide par la fenêtre de la cuisine, je vérifie que mon père est déjà parti au labo. La porte du garage est ouverte et le garage est vide. Je choisis sur le bureau de ma mère un Post-it implacablement carré sur lequel je griffonne une déclaration de guerre :

Ne m'attendez pas ce soir, je dors chez Tatanne.

Et bam ! Un coup de queue de diplo. Et celui-ci, c'est le paysage familial qu'il risque de modifier durablement. Tant pis ou tant mieux, peu importe. À toute vitesse, je fourre quelques affaires dans mon sac à dos et je file au collège avec une demi-heure d'avance, sans avoir rien avalé.

Pour la première fois depuis la rentrée, je pars pour le collège sans nœud à l'estomac.

Quant à mon nouveau look « peau de dino », je l'assume parfaitement. Moi qui me suis toujours habillée le plus discrètement possible pour passer inaperçue. (Avec un prénom comme le mien, inutile de trop forcer sur l'originalité !) Ce matin, je me fous de tout, et surtout des tyrannosaures de ma classe. Finalement, tant pis si les autres ne comprennent pas. Ce n'est pas moi qui suis une fifille à sa maman, c'est ma mère qui est une maman à sa fifille.

Chapitre 2
Mes savates chez Tatanne

C'est marrant, ce petit truc changé en moi. Ça s'est passé en cinq minutes ce matin, en un Post-it, presque rien. Mais je sens que c'est le début d'une vie que, jusqu'ici, je ne soupçonnais même pas. Prendre une décision comme ça : ce soir, je dors chez ma tante. Voilà. Un point c'est tout. Ce n'est pas bien compliqué, mais ça change tout. Ça s'appelle la LI-BER-TÉ, Fifille ! Et intuitivement, je me dis que ce n'est pas sans lien avec la colère.

Je suis sûre que c'est aussi ma liberté nouvelle qui, par des détours insoupçonnés, a poussé Mélanie à me lancer un banal « Ça va ? » en passant devant moi dans le couloir et en me donnant une petite tape sur l'épaule. C'est dire si quelque chose a changé : c'est invisible à l'œil nu (ça plairait à mon père) mais c'est là et, bizarrement, ça fait comme de la place à côté de moi. Allez-y, les amis, c'est ma liberté qui invite !

Après deux heures de français à écouter la remplaçante trébucher sur la moitié des mots, la cloche sonne enfin la délivrance. Je hisse mon sac sur ma colonne vertébrale en croissance, décoche un sourire en coin rapide à Mélanie, adresse une petite prière privée à ma nouvelle liberté, et descends les escaliers quatre à quatre. Ma gorge se resserre en arrivant à la baie vitrée de peur d'apercevoir l'un de mes parents à la grille. Mais non, le champ est libre. Alors, lentement, je fais durer le plaisir du chemin vers chez ma tante.

En marchant, j'essaye de faire des ronds avec la buée qui sort de ma bouche. J'ai vu ça une fois au cinéma : un sale type super beau réussissait des ronds parfaits avec sa fumée de cigarette. C'était la grande classe et ça m'avait donné envie de fumer, comme ça, pour la beauté du geste.

Ma tante Anne, elle fume. Elle dit que c'est de l'autodestruction mais qu'elle ne peut pas s'en passer. Chaque fois qu'elle s'allume une clope, elle me regarde d'un air sévère en pointant son index libre vers moi.

– Prune, tu me jures de ne jamais goûter à ce poison, hein ?

Et je jure sans conviction, parce que je la

trouve trop belle quand elle tire une dernière bouffée sur sa cigarette et qu'elle l'écrase d'un geste précis au fond d'un cendrier improvisé. Ça tient en respect.

Ma tante est la femme la plus formidable au monde. C'est un mystère de la génétique, d'ailleurs, car c'est la sœur de ma mère. Même physiquement, elles ne se ressemblent pas du tout ; à part leurs yeux verts, elles n'ont rien en commun. Ma mère a un visage plus rond, et les cheveux châtain clair, au carré juste au-dessous des oreilles, tandis que Tatanne a de super beaux cheveux longs, très noirs. Moi, c'est différent, j'ai tout pris du côté de mon père : cheveux bruns, yeux noisette un peu en amande. Longue comme une asperge et un peu encombrée par les centimètres. J'aurais bien aimé avoir les yeux verts, comme elles.

Mais la plus grande différence entre ces sœurs ennemies, c'est que ma tante fait beaucoup plus jeune que ma mère. Elles ont cinq ans de différence, mais j'ai du mal à croire qu'elles sont de la même génération. C'est aussi peut-être parce que Tatanne n'est pas mariée et qu'elle n'a pas d'enfants. Je crois que c'est un peu pour ça que ma mère et elle ne se parlent presque plus depuis huit ans. À vrai dire, je n'ai jamais vraiment su pourquoi mais, quand je parle d'Anne, ma mère marmonne toujours un truc de ce genre : « C'est sûr, quand on n'a pas d'enfants… » Et alors, elle a un nerf qui s'agite sur sa paupière et je sais qu'il vaut mieux changer de sujet.

Si Anne n'a pas d'enfants, c'est qu'elle n'a tout simplement pas le temps. Elle est photographe-reporter, et elle passe son temps aux quatre coins du monde ou dans les avions. Alors, à moins de prévoir une expo *Couches, biberon, morve au nez*, elle n'a pas vraiment intérêt à faire un bébé. Pas bon pour sa carrière. Elle a mis pas mal d'années à se faire connaître sur le marché des photographes, ce n'est pas pour lâcher maintenant qu'elle a ses entrées chez *Géomag* ou *Terres du monde*. Et puis, elle a quand même quarante ans maintenant, elle n'est plus toute jeune, toute jeune.

Je tape le code en bas de son immeuble, première étape pour entrer dans un sas d'où on accède aux sonnettes. Dans le long silence grésillant derrière la grille poussiéreuse de l'interphone, un doute terrible me prend à la gorge : si elle n'était pas là ? Si elle était repartie plus tôt finir son reportage au Maroc sans me prévenir ? Plutôt dormir sous un pont que rentrer à la maison. Je m'apprête à faire demi-tour quand je l'entends décrocher :

– Oui ?

– Salut, c'est Prune.

– Salut, ma belle ! Monte, je sors juste de ma douche…

Je monte les quatre étages à pied et, sur le palier, je vois un nuage de vapeur d'eau s'évader comme un fantôme de la porte entrebâillée. En entrant dans le couloir, j'aperçois ma tante dans son kimono aux branches de cerisier. Elle se tient devant moi comme une apparition dans cette ambiance de sauna dont l'odeur de fleurs d'oranger m'enivre déjà.

– Tiens, dit-elle en déchaussant d'un coup de cheville ses savates en cuir, prends ça. J'ai passé la serpillière pour la première fois depuis deux mois, on va essayer de maintenir l'illusion quelques jours, hein ?

– T'inquiète, j'ai pris les miennes, dis-je en plongeant une main au hasard dans mon sac à dos. Celles que tu m'as ramenées du Maroc le mois dernier.

Anne marque un petit temps d'étonnement : elle n'a pas l'habitude de me voir débarquer avec mes savates… Puis elle m'embrasse et me frictionne la tête énergiquement.

– Je sais que ça fait ringard, je m'étais juré de

ne jamais dire des trucs comme ça, mais… T'as grandi, non ?

– Ouais, ça se peut. C'est ma queue de diplo qui m'allonge.

Ma tante fronce un seul de ses deux sourcils et décide d'aller préparer un thé. Elle connaît bien l'histoire de la queue de diplo. C'est même elle qui m'a raconté que ma mère, ça lui avait retourné le cerveau ! Forcément, sa fille qui sort un truc comme ça à six ans, pour une psy, ça ne laisse pas indifférent. En repensant à tout cela me vient une sous-pensée furtive, rapide comme l'éclair (N.B. : j'appelle « sous-pensée » le petit flot de pensées qui coule en sourdine, peinard sous la pensée principale). Bref, en sous-pensée donc (je considère le concept acquis), je me suis surprise à croire que c'était précisément depuis cette histoire de queue de diplodocus que ma tante et ma mère ne se parlent plus.

J'essuie cette éclaboussure de mon esprit en rejoignant ma tante dans la cuisine. En tout cas, elle a remarqué quelque chose au premier coup d'œil, et j'en ressens une certaine fierté. Il faut croire qu'elle fait aussi partie de ces gens qui voient les choses imperceptibles à l'œil nu, et sans microscope en plus, car oui, j'ai grandi. Ce matin, en cinq minutes et un Post-it carré sur lequel j'inscrivais, pour la première fois de ma vie, une décision qui n'était que la mienne et qui n'était pas obligée de plaire à ma mère.

Je raconte tout cela à ma tante pendant qu'elle déverse et reverse le contenu de sa théière en un filet d'eau brûlante presque continu. La forte odeur de menthe grise mes narines et dévoile un peu de ce voyage entrecoupé vers le Maroc, où ma tante fait depuis quelques mois de nombreux allers-retours. Je fixe le filet de thé qu'elle tente de refroidir en le faisant passer de la théière aux minces verres décorés d'arabesques multicolores, et des verres à la théière, genre caverne d'Ali Baba. Dans cette ambiance Mille et Une Nuits, à voir l'assurance de son geste, je la soupçonne soudain d'être en train de tisser sa toile au Maroc et d'en faire son pays d'adoption. Mais je noie ce doute dans le récit de cette dernière semaine à la maison, et je sens que, sans jamais me regarder, Anne m'écoute avec beaucoup d'attention.

– Vraiment, tu dois me croire, c'est un vrai cauchemar la vie avec elle…

Elle s'assoit, croise dans un même élan ses jambes et ses bras, souffle sur une mèche de ses cheveux pour dégager ses yeux. Alors, je perçois dans son regard quelque chose de grave qui me fait frissonner.

– Tu me laisses m'installer chez toi quelque temps, s'il te plaît ?

Je la supplie d'un ton de petite fille que je déteste, mais je veux mettre toutes les chances de mon côté pour la convaincre. Une mèche rebelle vient recouvrir son regard fuyant vers le verre de thé brûlant qu'elle saisit du bout des doigts. À ce moment-là, le téléphone sonne et, après s'être figée un court instant sur sa chaise, ma tante se lève avec sa nonchalance habituelle que soulignent les larges pans de son kimono.

– Allô ? Salut, Jean-Louis. Oui, elle est ici.

C'est mon père. J'aurais dû m'en douter. Ma mère n'appellerait jamais ici, mais mon père oui. Je retiens mon souffle. Par la fenêtre de la cuisine, le jour décline et une lune ronde et pâle roule au ralenti sur les toits de la ville. Je ne rentrerai pas chez moi. Il suffit de le décider.

Dans le couloir, ma tante s'est éloignée et murmure dans le combiné. Je n'ai même pas envie d'entendre ce qu'elle dit. Moi, j'ai décidé, je décide parce que c'est ma vie et que je manque cruellement d'air. Je porte mon verre à mes lèvres et la brûlure du thé dans ma gorge m'apporte un réconfort que je n'attendais pas.

Ma tante a raccroché et se faufile entre les fils de perles multicolores qui marquent l'entrée de sa cuisine. Elle les fait glisser entre ses doigts en me regardant intensément.

– Ton père veut te parler. Je lui ai dit que tu le rappellerais si tu voulais.

Tout à coup, cette histoire prend une tournure triste que je n'avais pas imaginée et les larmes me montent aux yeux. Je prends ma tête entre mes mains.

– Pourquoi elle est comme ça, hein ? Elle est psy, quand même, elle est censée être un peu moins… Je ne sais pas, moi.

En relevant la tête, je capte le petit sourire mélancolique de ma tante, le menton calé dans la paume de sa main.

– Tu étais préma, tu sais. C'est pas facile pour une mère d'avoir son bébé en couveuse au début de sa vie. Et puis, on a tous flippé. T'étais à peine plus épaisse que cette théière.

Un instant, je m'imagine bébé, coincée dans la lampe du bon génie. Je ne sais pas quel type maladroit l'a frottée au bout de sept mois pour me faire sortir de là ; ça n'était pas précisément une idée de génie. Mais de là à rendre ma mère aussi dingo… ça me paraît un peu gros.

Ma tante perçoit bien à ma moue de dédain que je ne suis pas convaincue par ses arguments.

– On me la sert à toutes les sauces et depuis toujours, cette histoire de préma. Ça a l'air de bien arranger tout le monde : c'est bien ficelé, ça tient la route… Mais, d'après moi, c'est l'arbre qui cache la forêt.

Alors, ma tante confirme mon intuition en s'empressant d'ajouter quelques branches pour mieux camoufler :

– En plus, tu étais sous oxygène, c'était hyper impressionnant.

– Ben ils auraient dû me laisser l'oxygène. Parce qu'avec elle, c'est l'étouffement assuré

Ma tante sourit mollement et je retente ma chance :

– T'es d'accord pour que je reste un peu chez toi ? Juste le temps de prendre l'air et de lui faire comprendre que ça peut pas durer comme ça ?

– Pour moi, c'est OK, ma belle, mais vois ça avec eux, c'est mieux.

Elle me tend le combiné et je compose le numéro du portable de mon père. Il décroche avant même que ça sonne. Dans le ton de sa voix s'agglutine cette même tristesse grave qui commençait à me paralyser tout à l'heure.

– Ce n'est quand même pas un drame d'aller dormir quelques nuits chez sa tante, non ?

– Non, ma chérie, ce n'est pas un drame. Tu finis les cours à quelle heure, demain ?

– À onze heures. C'est mercredi, j'ai pas cours l'après-midi.

Je précise parce que mon père, depuis qu'il s'est penché sur la relativité d'Einstein, a un rapport très flou au temps qui passe.

– Si tu n'as rien prévu, on pourrait déjeuner ensemble chez Marco ? Passe au labo après le collège, j'ai un truc à te montrer.

J'accepte tout en me débattant avec cette tristesse gluante qui me colle à la peau. Un rendez-vous au labo avec mon père, c'est jour de fête. D'abord, je me fais bichonner par ses collègues, surtout par Monique, sa secrétaire. Ensuite, il me montre des trucs de fou, des trucs que personne ne voit jamais et que lui voit toute la journée en triturant des atomes de tous les côtés.

J'espère que cette petite visite pourra nous changer les idées ; c'est du moins ce que je me dis pour me rassurer. En raccrochant, je rejoins ma tante au salon, affalée sur son canapé devant un petit plateau-télé alléchant : soupe en brique potiron-châtaigne et tartines de fromage de chèvre légèrement fondu au micro-ondes. Elle me colle sous le nez notre DVD fétiche : *Sur la route de Madison*, avec Meryl Streep et Clint Eastwood. Je lève un pouce en signe d'adhésion. Au moins, je saurai pourquoi j'ai envie de pleurer…

Le lendemain, en me réveillant sur le futon de ma tante, je me sens comme en apesanteur. J'ai du mal à me rappeler ce que je fais ici. Je n'ai pas le temps d'y penser qu'une grosse boule s'est déjà logée dans ma gorge. Et c'est cet assaut de tristesse inexpliquée qui me rappelle les souvenirs de la veille : le Post-it sur le frigo, la soirée chez Tatanne, le coup de fil avec mon père. Je me lève embrumée et me dirige vers la cuisine. Table vide, pile de vaisselle dans l'évier. Un mot griffonné sur le journal du matin :

TCHAO BELLA !

SUIS PARTIE À LA GALERIE, SI TOI FAIM = TOI FOUILLER PARTOUT

BISOUS

NANOU –

P.S. : LE DOUBLE DES CLEFS SUR LA PORTE EST POUR TOI, BELLA.

Face à cette éclatante simplicité, ma gorge commence à se desserrer. Je me bricole un petit déjeuner de fortune, après avoir écarté quelques yaourts périmés et renoncé à beurrer les petits pains suédois oubliés depuis des mois au fond d'un placard. Le rêve. Je déguste cet instant de pur bonheur avant de me doucher et de prendre le chemin du collège.

Mais en marchant lourdement, j'ai l'impression d'avoir les pieds englués dans la boue d'un marécage. Ce qui se trame dans cette journée qui ne ressemble à aucune autre me donne l'impression d'une eau vaseuse et trouble. Une petite voix me dit d'attendre que la vase retombe sur le fond : l'eau s'éclaircira et je verrai de nouveau où sont ancrés mes pieds. En attendant, je joue au jeu de l'irréalité et il prend comme jamais : il suffit de penser à soi, à sa vie et, d'un coup, on décide de trouver tout étrange. Son propre prénom (pour moi c'est facile), son nom de famille, son corps, son visage, les personnes de son entourage. Et, tout d'un coup, on devient pour soi-même la personne du trottoir d'en face qu'on croise pour la première fois. Ça fout le vertige et c'est mille fois plus sensationnel qu'un manège de foire. Moins dangereux aussi. À moins que…

Arrivée en cours de sciences, je constate que ma nouvelle liberté, même avec son plomb dans l'aile, poursuit son action : Mélanie récidive et vient s'asseoir à côté de moi. Ce matin, c'est géologie, la partie que j'aime le moins dans ce qu'on appelle pompeusement les « sciences de la vie et de la terre » (genre d'appellation qui plaît à ma mère). Les sciences, quoi. Moi, ma passion, c'est la biologie : les trucs et astuces du corps humain pour se maintenir en vie, je trouve ça dingue. C'est têtu, un corps, l'air de rien.

Pendant l'exposé de Xavier sur la tectonique des plaques (quel délice de le voir flipper devant toute la classe, lui qui est toujours le premier à me lancer une crasse), Mélanie glisse vers moi un bout de papier déchiré dans son agenda :

Mon père a lu un article sur ton père ce week-end. Il est en TOTALE admiration ! Moi, j'ai pas tout compris, mais ça avait l'air important…

Je me délecte de préciser :

Avec son équipe, il essaye de reproduire le BIG BANG (je résume, hein).

Papier retour :

La classe ! Le mien, il détartre des dents et soigne des caries... Moins fun.

Je lui adresse une grimace de compassion qui vire légèrement vers le sourire. Effectivement, dentiste, on a vu mieux comme métier en vogue... Sans vouloir la narguer, je crève tout de même d'envie de lui dire que, tout à l'heure, mon père va encore me faire partager une de ses nouvelles découvertes... Mais mon petit doigt me dit que si la liberté est un des ingrédients de base pour se faire des amis, alors un brin de mystère doit certainement pouvoir assaisonner. Patience.

À onze heures, les brumes matinales sont tout à fait dissipées et j'attends le bus pour monter au Centre de recherches nucléaires où travaille mon père. Je n'ai pas menti à Mélanie : cela fait quinze ans que mon père et son équipe travaillent sur ce projet de reconstitution du Big Bang, le truc à partir de quoi l'univers aurait commencé sa gestation. Le principe a l'air simple comme ça, mais faire courir des protons à toute blinde et les faire s'entrechoquer pour détruire la matière, ce n'est pas comme promener un chien en laisse (pitbull compris). Le projet est sympa, mais moi, ça m'a toujours laissée songeuse : s'ils arrivent à mettre au point leur machin, ça risque de déménager !

L'année dernière, il m'a emmenée jusqu'au site où l'expérience est prévue : un énorme tunnel souterrain. D'après lui, ça ne craint rien. Qui vivra verra… ou mourra.

En attendant le second Big Bang, j'arrive au secrétariat de mon père et Monique m'accueille avec le rituel pincement de joue qui me laisse une marque rouge écrevisse pendant une bonne demi-heure. Puis avec un sourire complice, elle dégote dans un fond de tiroir une boîte de bonbons Haribo :

– Tiens, Prunelle, ils t'attendaient ! J'ai renouvelé mon stock de fraises Tagada exprès pour toi.

Je me sers sans me faire prier. L'année dernière, je ronchonnais sous prétexte que je n'étais plus une gamine mais, depuis quelque temps, j'assume. Un petit sursis d'enfance en attendant les soucis. En saisissant une fraise Tagada, je pressens quelque chose d'inquiétant : cette façon que les adultes ont de nous maintenir dans l'enfance envers et contre le temps qui passe, c'est pour nous protéger de quoi, au juste ? À moins que ce ne soit pour les protéger d'eux-mêmes.

Mais au moment où j'allais me laisser tenter par toute une poignée de bonbons tendue par Monique (sous prétexte que je n'ai que la peau sur les os), mon père sort de son bureau en rechaussant ses lunettes d'un coup savant de l'index. Dossier relié sous le bras, il est suivi d'un type immense à la tête ronde et au corps fin comme une tige. Pire que moi.

– Bonjour, Prune, tu tombes bien, dit-il en se penchant pour m'embrasser.

Puis il pivote vers le tournesol planté derrière lui.

– Monsieur Jaquemare, je vous présente ma fille, Prunelle. Elle est passionnée de biologie et j'avais précisément l'intention de lui montrer vos clichés.

Le type me salue, un peu embarrassé. Moi, je me concentre sur toute l'importance que me donne la petite remarque bien placée de mon père : j'ai l'impression de prendre dix ans d'un coup. J'adore. Je serre la pogne que me tend mollement le tournesol, avec la pointe de dédain qu'il faut pour se faire respecter, et je m'avance d'un pas déterminé vers le bureau de mon père pendant qu'il prend congé de la longue tige déracinée. Mais une fois assise sur le très confortable fauteuil en cuir de mon père, je ne peux m'empêcher de le faire tourner à toute vitesse pour me donner le vertige. Mon père saisit l'accoudoir et me stoppe net.

– J'ai entre les mains une petite merveille qui pourrait bien t'intéresser, Prunelle.

Il me tend le dossier et je reconnais dans ses yeux la même petite étincelle que celle qui illuminait son regard lorsqu'il m'a offert mon premier microscope. Nous entrons dans un instant de très solennelle complicité scientifique. Je feuillette une série de clichés dignes d'une expo d'art moderne.

– C'est quoi ?

– C'est un projet d'édition pour le grand public. Un livre d'art scientifique, en quelque sorte, mettant en parallèle des clichés de dimensions infiniment grandes et des agrandissements de choses infiniment petites. Prends-en une au hasard.

Je saisis une photo jaune orangé, striée de formes ondulées, qui pourrait être une vue satellite du désert du Sahara.

– Alors, d'après toi, infiniment grand ou infiniment petit ?

– Infiniment grand ?

– Faux : infiniment petit ! (Il a l'œil qui brille comme lorsqu'il gagne une partie d'échecs.) Ce sont les traces des crêtes papillaires qui dessinent l'empreinte digitale au bout des doigts.

Mon père a tout à coup l'air d'un petit garçon. J'adore quand il est comme ça ! Nous enchaînons les clichés un à un et nous amusons à deviner ce qu'ils représentent. L'occasion de constater qu'entre la coupe du cortex humain et la vue aérienne du delta du Mississippi, il n'y a graphiquement pas une grande différence…

Une demi-heure plus tard, assis à la petite table du fond de notre pizzeria habituelle, mon père m'explique ce que le tournesol attend de lui, tout en me servant galamment mon Coca :

– Le bouquet final de leur bouquin, ce serait d'obtenir des clichés de notre expérience du Big Bang ! Notre expérience miniature symétrique à la BIG expérience du Big Bang, tu vois ?

– Et la photo de *the* Big Bang, ils comptent l'obtenir comment ?

Silence méditatif.

– Et puis, sachant qu'après votre expérience, la planète entière sera réduite en miniparticules flottant dans l'univers, je ne vois pas qui pourra encore lire ce bouquin !

Mon père sourit et, tout à coup, la boule revient me gonfler la gorge. Dans son regard flotte une incertitude qui me tue. Alors défilent dans ma tête tous les nœuds embrouillés de ma nouvelle liberté : je ne vais pas pouvoir m'installer chez ma tante bien longtemps, ni éviter ma mère indéfiniment, je n'ai aucune intention d'avoir une cent millième discussion avec elle, j'aurais bien aimé avoir un petit tête-à-tête tranquille avec mon père... J'avale ma bouchée de pizza comme j'avalerais une pierre, et mon père triture ses pâtes à la bolognaise d'un air distrait. La magie de la complicité scientifique s'est évaporée d'un coup. Et, de nouveau, mon père court après les mots, ceux qui viennent tout seuls quand il s'agit d'atomes et de radioactivité, ceux qui le sèment en route dès qu'il s'agit de la vie.

– Tu sais, Prunelle, moi je t'ai connue infiniment petite... Et puis, aujourd'hui, tu es infiniment plus grande que ce que ta mère et moi avions imaginé...

– Et vous vous attendiez à quoi, exactement, en ayant un enfant ? À ce qu'il stoppe sa croissance à l'âge de sept ans pour pouvoir lui apporter son verre de lait tous les soirs éternellement ?

Mon père esquisse un sourire triste et espiègle

en même temps. J'ai l'impression que, dans sa tête, il déroule le fil depuis ma naissance et qu'il prend enfin la mesure du temps. Je suis jalouse de sa mémoire, j'aimerais revoir moi aussi tous ces instants.

– On ne s'attendait à rien, tu sais. Ça n'a pas été facile de t'avoir.

Je lève un sourcil et mon cœur bat la chamade. Au jeu du chaud-froid, je sens que ça chauffe, ça surchauffe même : on y est. Je revois le tunnel que j'ai visité avec mon père et quelque chose me dit que mon big bang à moi est sur le point d'exploser. Je scrute une câpre isolée sur ma pizza et j'arrête presque de respirer. J'attends la suite.

Seulement, la suite ne vient pas. La suite est coincée là, sous la pomme d'Adam de mon père qui remue comme un crapaud coincé dans un tuyau d'arrosage. La suite annonce une histoire qu'il n'a jamais racontée. Je le regarde dessiner à la fourchette des droites parallèles dans la sauce qui stagne au fond de son assiette, et une bouffée soudaine de tendresse me souffle de lui venir en aide.

– Pas facile ? sont les deux seuls mots qui veulent bien sortir de ma bouche d'une voix étouffée qui dérape vers un point d'interrogation.

Alors, mon père a ce geste impulsif qui ne lui ressemble pas : il abat sa serviette sur la table d'une main lourde comme d'autres abattraient les cartes d'un mauvais jeu qu'ils ont tenu en main trop longtemps sans vouloir s'avouer vaincus. Il renonce : à trouver les mots justes, à être délicat, à ménager ma mère, à épargner sa fille. Il relève la tête et me regarde droit dans les yeux. Avant qu'il ne dise le moindre mot, j'entends son regard m'exclure du monde des enfants.

– Tu es un bébé F.I.V., Prunelle, un bébé-éprouvette. La première fois que j'ai vu quelque chose de toi, c'était au microscope, au moment de la sélection des ovules.

Il marque un arrêt. Le temps aussi. Dans ma tête, la course des protons a commencé.

– Des ovules d'une donneuse… Ta mère ne pouvait pas…

Big bang.

Chapitre 3
Un chronomètre dans la peau

Je crois que je me suis levée tout doucement. Je crois que j'ai vu trouble aussi. Moi qui ai une acuité visuelle hors du commun, avec mes yeux de rapace. Là, je ne voyais que les formes, vagues, flottantes, des gens autour de moi. Les voix me parvenaient déformées, les mots élastiques comme du chewing-gum. Je crois que mon père m'a attrapé la manche, je crois même que je lui ai souri.

Et je suis partie.

Je ne sais pas comment est passée l'heure qui a suivi. J'ai marché, j'ai traversé la ville lentement. Parfois j'ai couru, je crois. Je ne sais pas quel chemin j'ai pris. Aucun souvenir. Choc post-traumatique.

Puis je suis arrivée devant l'immeuble de ma tante, et le simple fait de fouiller mon sac avec le soupçon de peur d'avoir perdu les clefs m'a repropulsée dans la valse du temps. Depuis cet instant où une peur toute bête, pratique, concrète, est venue me tirer de ma torpeur, j'ai comme une mécanique d'horloge greffée dans le cerveau. Je sens les secondes me passer sous la peau.

14 h 15 : Je retrouve le double des clefs coincé dans l'un des anneaux de mon classeur de sciences.

14 h 17 : J'arrive en haut des quatre étages de l'immeuble, devant la porte de l'appartement.

14 h 18 : Je laisse mon sac glisser de mes épaules et je regrette de ne pas pouvoir me débarrasser avec la même facilité de toutes les lourdeurs de la vie. J'entends la douche couler dans la salle de bains. Une douche. J'ai une folle envie de me doucher.

14 h 18 et 15 secondes : Mon œil, qui a retrouvé toute son acuité, capte une image insolite sur la table de la cuisine.

14 h 18 minutes, 15 secondes et 30 centièmes : J'ai dans les mains une échographie. Une espèce de fœtus à l'énorme tête et au corps replié comme une crevette expose son plus beau profil sur le cliché. Quelques secondes passent et me font frissonner.

14 h 19 : Ma tante sort de la douche.

– Hé, Prune ! Je ne pensais pas que tu rentrerais si tôt.

Tout en frictionnant ses cheveux avec une serviette, elle pose son regard sur l'échographie.

14 h 19 et 30 secondes : Elle relève la tête et esquisse un sourire.

– Eh bien, on dirait que tu tiens dans les mains ton petit cousin.

14 h 20 : Avant qu'une ribambelle d'énormes queues de diplo me poussent dans le dos, j'explose :

– Vous me faites tous chier avec vos révélations à la con !

14 h 20 et 10 secondes : Je suis en bas de l'immeuble, la porte se referme derrière moi et je me demande comment j'ai pu descendre quatre étages aussi vite.

Top chrono. Montre sous la peau, je me mets à courir. Dans n'importe quelle direction, et je me demande après quoi je cours. Après le temps perdu à ne pas savoir, peut-être. À moins que ce ne soit quelque chose qui me coure après et me force à courir plus vite que lui.

J'ai toujours trouvé ridicule que les papillons viennent se brûler sur les ampoules nues alors qu'ils le savent, non, que ça brûle ? Le genre de petits trucs qui ébranlent ma foi en l'intelligence de la biologie.

« Rouge piétons. » Une voix de robot scande ça en boucle au passage clouté. Mais moi, je ne peux pas m'arrêter. Question de survie. Une Clio blanche qui pourrait être celle de ma mère pile à quelques mètres de moi. On la refait et vous m'écrasez, OK ?

J'aimerais bien, un jour, assister au tournage d'un film.

J'aimerais bien me dire que c'est un film et que je suis en train de jouer, un cauchemar, et que je vais bientôt me réveiller. J'aimerais bien me dire quelque chose, n'importe quoi, arriver à remettre tout dans l'ordre, à trouver un appui sur quelqu'un qui ne tangue pas, trouver un lieu, un refuge, être une femme préhistorique qui trouve enfin une grotte pour passer la nuit.

Être à la préhistoire, oui, le temps simple où on cherchait à manger quelque part, on mangeait, puis on repartait à la chasse. Le temps où on ne se prenait pas la tête, où on avait des gamins ou pas, sans se poser de questions.

La préhistoire de ma vie : le temps où je ne savais rien et c'était mieux comme ça.

14 h 43 : Je m'arrête de courir et m'assois sur le premier banc que je trouve, en face d'un kiosque à journaux. Un vieil homme ridé comme une pomme déshydratée tire sur une cigarette aussi fatiguée que lui. Que moi.

J'aimerais reprendre depuis le début. Depuis le Post-it. Depuis cette histoire avec ma mère. Quel besoin de faire une scène parce qu'elle vient me chercher au collège ? Quel besoin de me mettre en colère comme ça ? De déclarer la guerre en allant chez ma tante ? Et elle, quel besoin de faire un gamin ? On n'était pas bien, tranquilles, elle et moi, quand je passais chez elle en sortant des cours quelquefois ? Quand je truquais mon emploi du temps pour aller au vernissage de ses expos ? C'était pas mieux avant de savoir tout ça, là ? Et ce bébé qu'elle a dans le ventre, il sort d'où, lui ? D'un tube à essai, comme moi ?

Effet secondaire de la colère, écrit en trop petit sur le mode d'emploi *Vous et votre mère* : *VOUS APPRENEZ QUE VOTRE MÈRE N'EST PAS VOTRE MÈRE*. C'est fou, non ? Ça secoue. Pire qu'une queue de diplo qui vous pousse dans le dos.

Assise sur ce banc, j'attends que le froid m'anesthésie, que quelque chose en moi se lasse. Je laisse faire et le temps passe.

Lorsque le tourbillon de questions commence à s'évanouir dans ma fatigue, alors que la vase retombe doucement au fond du marécage, un noyau dur et obsédant se dégage. Et je vois clairement devant moi la question qui sème toutes les autres sur la route de ma confusion : qui est ma mère, finalement ? Ma mère biologique ?

Cette question se formule en boucle dans ma tête, elle devient une pensée unique, martelant tous les autres mots qui pourraient me venir à l'esprit, les effaçant derrière ces quatre mots absurdes qui fusent en tous sens : QUI, EST, MA, MÈRE. Je les vois tourner comme des boules de loto sorties au hasard et qui, par miracle, donneraient la même combinaison mille fois de suite. Ces boules sortent de plus en plus vite, s'agitent, tournoient dans ma tête comme un vol de corbeaux.

La nuit commence à poindre et le froid se précise. La grille du kiosque à journaux s'affaisse dans un vacarme métallique, le vieil homme a dû partir depuis longtemps. Avant que je ne le lui commande, mon corps se lève machinalement : il cherche à ma place un endroit où aller, un endroit sans histoire, un endroit inconnu, et quelqu'un qui fasse diversion, rien de plus. Mon esprit tente de rassembler quelques idées pour aider mes jambes à s'orienter. Le chronomètre reprend sa course et sème derrière lui les quatre mots obsédants qui n'appartiennent à rien et surtout pas au temps.

Chapitre 4
Telle mère telle fille

17 h 25 : Mélanie me sourit et, comme je ne m'attends à rien, ce sourire me convient. Elle reste néanmoins longtemps immobile dans l'entrebâillement de la porte, et même lorsque j'esquisse un pas pour m'inviter à entrer, elle ne bouge pas. Alors, seulement, je réalise que nous nous connaissons à peine et que rien ne peut m'assurer d'être bienvenue chez elle, ce mercredi après-midi où rien ne m'annonce.

C'est en montant l'escalier qui relie le cabinet de son père à l'étage où ils habitent que j'ai distancé le chronomètre qui frappait dans ma tête le rythme des secondes depuis que j'avais cru perdues les clefs de ma tante. Il y a toujours une clef à trouver, des minutes à compter, des seuils à franchir. Mais cet escalier, je l'empruntais comme un passage secret et interdit qui protégeait une Mélanie familière. Une Mélanie qui pourrait peut-être à son tour me protéger.

De peur, il n'était plus question.

Ne plus avoir peur de rien m'avait permis de déchirer sans ménagement le plastique entourant une pile d'annuaires téléphoniques attendant impassiblement leurs futurs propriétaires devant la porte vitrée d'un immeuble sans boîte aux lettres. Ne plus avoir peur de rien : chercher dans les Pages Jaunes, sous la rubrique « Chirurgiens-dentistes », le nom BALDANCE, découvrir le nom d'une rue inconnue. Ne plus avoir peur de rien : demander à chaque passant que je croisais s'il situait la rue Paul-Painlevé. « Non, ça ne me dit rien, désolé, mademoiselle. » « T'es pas un peu jeune pour te perdre dans une grande ville comme ça ? » « Mais dis-moi, c'est pas tout près la rue Paul-Painlevé… Tu veux que je t'emmène ? – Non merci, je vais marcher. » Ne plus avoir peur de rien : sonner au cabinet Baldance et Derouelle, demander à la secrétaire si Mélanie vit ici. « Oui, à l'étage. Tu es une camarade de classe ? – Une amie. » Ne pas préciser que derrière le mot « amie », j'entends une fille à qui Mélanie n'a jamais vraiment adressé la parole après deux ans dans la même classe. Derrière le mot « amie », j'entends aussi la dernière chance de trouver quelqu'un qui fasse cesser dans ma tête un chaos bourdonnant qui m'assomme et me donne la nausée. Quelqu'un pour dire quelques mots sans importance qui me rafraîchiraient comme l'effervescence d'un cachet d'aspirine. Quelqu'un chez qui me reposer.

Pas de peur non plus devant l'immobilité de Mélanie, au moment même où je réalise que je n'ai rien à faire ici, que trois mots griffonnés sur une page d'agenda déchirée ne justifient pas même une visite de courtoisie ; au moment où je me souviens que je suis globalement le rebut de toute une classe dans laquelle Mélanie est amie avec tout le monde, à ce moment-là je n'ai pas peur.

Et si je pleure, ce n'est pas de peur. C'est que je n'ai rien d'autre à dire.

Mélanie continue de sourire. Elle me prend la main et m'entraîne dans une chambre perchée sous les combles où je me dirige d'instinct vers un Velux entrouvert d'où tout semble glisser vers l'infini patchwork des toits de la ville. Cette vue aérienne me rend déjà plus légère et me lave de l'humeur confuse dans laquelle je baignais quelques minutes plus tôt. Je sais que je vais bientôt pouvoir parler, et alors je parlerai. Mélanie écoutera, je sais cela de sa présence que je sens dans mon dos, patiente et impatiente à la fois, prête. Elle était prête dès la première fois où elle s'est assise à côté de moi. Préparée je crois, à tout ce qui arriverait.

J'expire lentement l'air qui remonte de mon ventre en le soufflant méticuleusement entre mes lèvres pincées. Le Velux se couvre de buée que j'aspire aussitôt dans une longue inspiration.

Lorsque je me retourne, Mélanie est assise sur son lit, le menton calé sur ses genoux reliés par ses bras courts et charnus. Elle me regarde avec des yeux remplis de curiosité. Elle s'apprête à entendre une histoire que son regard métamorphose déjà en aventure. De ma propre bouche, je vais entendre un récit qui me paraîtra étranger et ce seul regard de Mélanie me rend déjà supportable cette nouvelle histoire qui est la mienne.

Je m'allonge sur son lit et je saisis un fil de toute cette histoire, au hasard. Ce fil-là, le plus simple peut-être, c'est ma tante. En le suivant il me conduit tout naturellement vers la dispute ancienne entre ma mère et sa sœur, et Mélanie suppose logiquement :

– Vu le genre de ta tante, à mon avis, c'est assez simple : elle était pour te dire la vérité, et ta mère était contre.

Oui, mais à quel moment dit-on à sa fille qu'elle est issue de l'ovule d'une donneuse ? À deux, trois, quatre ans ? Ou alors le temps passe et l'occasion ne se présente pas ? Mélanie lit dans mes pensées.

– Pour sa défense, ça ne doit pas être évident de placer dans la conversation avec sa progéniture : « Tu sais, ma chérie, moi je n'ai pas d'ovules donc j'en ai emprunté à une gentille dame pour te concevoir. »

– Sûr, dis-je le plus sérieusement du monde, avant qu'un éclat de rire vienne libérer les dernières bulles d'angoisse qui encombraient ma cage thoracique.

Je dérobe un coussin à proximité de Mélanie pour lui envoyer à la figure ; elle me dévisage avec une moue espiègle.

– Je ne riposterai pas physiquement, je préfère concentrer mon énergie pour faire d'autres analyses aussi pertinentes que celle-ci.

J'acquiesce avec le sourire franc d'une joie que

je ne pensais pas revoir de sitôt. Mélanie, son regard pénétrant, ses yeux noirs que la moindre humidité rend immédiatement larmoyants, son humour pince-sans-rire : tout cela m'aide à me sentir plus légère. Et même si la logique me souffle encore que je n'ai rien à faire ici, que je connais à peine cette fille à qui je raconte ma vie, eh bien, l'instant en lui-même me paraît naturel, et je vérifie dans les yeux de Mélanie qu'il l'est aussi pour elle : elle n'a pas l'air troublée du tout.

Je poursuis le fil de mon histoire en fixant de nouveau mon regard au plafond, comme si j'y déchiffrais simultanément les mots de mon récit.

Nous sommes attablées dans la cuisine autour d'un chocolat chaud lorsque j'en viens à la question cruciale. Mélanie est au comble de l'excitation.

– Qui est ta mère BI-O-LO-GIQUE ? remâche-t-elle avec des éclairs dans les yeux. Il doit bien y avoir un moyen de le savoir !

À la voir se redresser sur sa chaise tel un chien de chasse prêt à bondir, mon histoire perd toute dimension tragique et devient une comédie. Une comédie agrémentée d'une enquête façon inspecteur Gadget.

– À moins que… Les gentilles dames qui donnent des ovules, elles doivent certainement rester…

– Anonymes ?

Au moment où je lui souffle le mot, ses yeux jusqu'ici plissés sous le poids du suspens s'ouvrent en grand dans le prolongement du doigt qu'elle tend vers moi.

– C'est ça ! A-NO-NYMES ! Bouge pas, je reviens tout de suite.

Elle file comme un éclair vers la porte qu'elle entrebâille et passe la tête dans l'escalier. J'assiste à l'une des scènes les plus surréalistes de ma vie en l'entendant crier :

– Papa ! PAAAAPA !

Un objet de torture qui faisait jusqu'ici beaucoup de bruit s'arrête brusquement de triturer la bouche d'un innocent. Une voix lasse répond, feutrée par un masque chirurgical que j'imagine sans peine :

– Mélanie, je travaille…

– Question super urgente : quand on donne des ovules, on est obligé de rester A-NO-NYME ?

Silence. La machine reprend son vacarme inquiétant et moi, j'explose de rire. Mélanie me rejoint, tout à fait à l'aise.

– Il doit réfléchir. Il nous donnera sa réponse en remontant tout à l'heure.

– Il doit surtout se demander comment il a pu engendrer une fille pareille…

Mélanie touille son cacao d'une mine songeuse.

– Oh, pour ça, il a la réponse : telle mère telle fille.

Chapitre 5

Leçons de vie et de natation

Pendant que je dépasse le kilomètre de brasse coulée dans le maillot de bain trop petit que Mélanie m'a prêté, la demoiselle envisage sérieusement de bronzer à travers la baie vitrée de la piscine couverte que traverse placidement un timide soleil d'hiver. Le travail est essentiellement mental, d'après elle. La concentration se lit sur ses paupières stratégiquement fermées.

Inspiration, coulée, expiration, remontée.

J'ai appelé mon père hier. Lui dire de ne pas s'inquiéter. Lui dire : juste besoin d'un petit bol d'air. Lui sourire au téléphone pour le rassurer, l'entendre prendre une voix que je ne lui connaissais pas : faussement décontractée. Il a demandé à parler au père de Mélanie. Entre hommes, ils ont dû se dire que ça n'était pas facile d'avoir des filles de quatorze ans, ils ont dû convenir que quelques jours entre copines ne pourraient nuire à personne, entre pères ils se sont assuré que tout cela était naturel et de surcroît passager.

En remplissant avidement mes poumons d'air à la surface, je chasse de mon esprit ce que j'imagine être le désarroi de ma mère. Malgré mes efforts, je la vois les yeux rougis, figée sur le canapé, suppliant mon père du regard une fois le combiné raccroché. « Alors ? » C'est ce qu'elle a dû dire, et ce « alors » interrogatif, enroué, pétri d'angoisse, gonflé d'un espoir qui n'ose pas dire son nom, ce « alors » me replonge la tête sous l'eau.

Coulée, expiration, remontée, inspiration.

À chaque remontée, ouvrant furtivement mes yeux piqués par le chlore, j'aperçois – comme un cliché – une fillette longiligne assise entre deux plongeoirs et dont les jambes fines comme des brindilles dessinent dans l'eau des cercles d'ennui.

C'est ma mère qui m'a appris à nager. Je l'attendais aussi au bord de l'eau, anxieuse, fascinée. Je savais que cette masse mouvante, transparente, avait le pouvoir de m'engloutir, de me noyer. Comme un antidote de magicienne, ma mère m'enseignait les gestes qui me rendraient victorieuse des éléments. Elle me disait : « Le secret, c'est de ne pas lutter, ne pas te débattre. Regarde, laisse-toi aller… Tu vois ? Tu ne coules pas. »

Curieusement, ma mère n'avait pas peur de l'eau. Elle n'avait pas peur de me voir assise au bord d'une piscine, elle n'avait pas peur de me laisser flotter, de me laisser couler un peu quand il fallait.

Expiration, remontée, inspiration, coulée.

Je faisais la planche et elle tenait sa main sous ma nuque. Par cet unique soutien, je me sentais devenir sirène. Doucement, je déployais mes jambes, je déployais mes bras, je dominais les eaux, je contemplais le ciel. Une voix douce plongeait jusqu'à mes oreilles immergées : « Tu vois, princesse, c'est le secret, ne pas lutter. Comme souvent dans la vie », ajoutait la voix feutrée qui coulait jusqu'à moi, et alors je fixais ce visage lointain qui surplombait le mien et avec le mot « vie » s'ouvrait dans son regard une profondeur insoupçonnée. Jamais je n'avais pu voir aussi loin dans ses yeux.

Remontée, inspiration, coulée, expiration.

Mon père n'est pas très à l'aise avec l'eau. L'eau en molécules, sagement compactées entre deux vitres sous un microscope, passe encore. Mais l'eau en masse, en mouvement, en vague, en tempête, l'eau en vrai, l'eau qui mouille, l'eau-caprice, l'eau-rivière, l'eau-colère… Non. C'est ma mère qui m'a appris à nager. Elle m'a appris la nage du petit chien, la nage papillon, le crawl, la brasse, la brasse coulée, elle m'a appris à me vider de tout mon air et à me laisser couler jusqu'au fond, elle m'a appris la respiration.

Inspiration.

Sur le dos, je me laisse flotter jusqu'à l'échelle. À chaque marche, l'impression qu'avec l'eau dégouline aussi l'illusion de légèreté qui accompagnait ma nage. À chaque marche, réintégrer un peu de mon poids et revenir à la lourdeur de l'atmosphère. Dépassant la gamine dont la mère s'applique à gonfler les brassards à même le bras, je rejoins Mélanie qui m'accueille d'un clignement d'œil sans perdre une miette de la concentration prescrite pour son bronzage. J'essore avec application mes cheveux au-dessus de sa tête : elle reste stoïque.

– C'est bien, dis-je. Je voulais vérifier que ton mental était effectivement d'acier.

Sans rouvrir les yeux, elle balance une main au hasard dans l'espoir de m'administrer une petite tape vengeresse, sans grande conviction. C'est un fait : Mélanie a un mental d'acier. Elle vit seule avec un père archi-occupé, elle connaît le réseau des transports en commun sur le bout des doigts, elle choisit ses activités, fait les courses et prépare le dîner, corrige ses devoirs avec Internet, change de portable dès que son cumul de points le lui permet, et ne se pose aucune question existentielle. « Elle est pas belle, la vie ? » est sa réplique favorite, quand elle retrouve un vieux pot de confiture au fond du frigo et qu'elle constate avec bonheur que la couche de moisi se retire facilement, quand la prof principale vient nous annoncer que notre prof de maths est absente pour la semaine, quand la mère du petit Mathis l'appelle pour une soirée de baby-sitting et qu'elle imagine déjà le shopping bien mérité qui s'ensuivra.

Elle est pas mal, la vie, allongée sur un transat à côté de Mélanie. Nous ne nous quittons plus depuis trois jours et c'est comme si nous nous connaissions depuis toujours. Mélanie s'est lancée dans mon histoire comme dans un polar, elle est entrée dans ma vie comme une sœur concernée, elle s'est intégrée au paysage naturel de mon existence.

– Mais toi… ta mère… Enfin. J'ai pas bien compris.

– Ma mère à moi ? Eh ben… BIO-LOGIQUEMENT, y a pas de doute, c'est ma mère. Mais ça s'arrête là !

Alors, à mon tour, j'entre dans l'histoire de Mélanie et je me fonds dans un récit que seule mon amitié pour elle peut me rendre familier. Car ce genre de mères, je n'en ai jamais entendu parler.

– Le côté sympa, c'est que j'ai trois demi-frères et une demi-sœur. Pour faire court : nous sommes cinq enfants de la même mère, mais chaque fois d'un père différent. Et chaque fois, c'est elle qui part et qui laisse les papas se dépatouiller avec les enfants. Elle est comme ça, ma mère. Elle nous adoooooore ! À condition de ne pas nous voir trop souvent.

Je repense à cette distinction étrange que ma mère fait souvent entre aimer et être amoureux. C'est peut-être la première fois que je comprends : la mère de Mélanie, c'est une amoureuse qui ne sait pas aimer.

– Pour les déclarations d'amour, les grandes tirades romantiques et le décor conte de fées, elle est toujours candidate. Mais aimer en poussant un Caddie dans un supermarché, aimer en soignant la varicelle du petit dernier et en se réveillant tous les matins à côté d'un type qui ronfle la nuit, c'est au-dessus de ses forces.

La dernière fois que Mélanie a vu sa mère, c'était l'été dernier, au festival d'Avignon. Sa mère est comédienne. Bizarrement, son père est toujours amoureux d'elle. Il suffit qu'elle lui envoie un texto : « joue ce soir à avignon, vous garde 2 places », et M. Baldance annule tous ses rendez-vous de la journée, appelle Mélanie pour essayer de la localiser, sort la voiture du garage et se coltine cinq heures de route pour les beaux yeux d'une femme à qui il a eu le malheur, un jour, de soigner une carie.

– J'avais de la peine, après la représentation, de le voir triturer nerveusement son bouquet de fleurs en coulisses. « Tu as été MER-VEIL-LEUSE ! » il lui a dit quand elle a quitté la scène, elle a souri et lui a lancé : « Tu nous invites à dîner ? » et il a rougi de plaisir. Moi, elle m'a regardée avec toute sa réserve d'amour maternel qu'elle veille à ne pas épuiser au quotidien et qui débordait pour l'occasion, et elle a trouvé que j'avais grandi. Original, non ?

En écoutant Mélanie, j'ai le cœur en loques.

Pour la première fois, j'entends une fêlure dans sa voix, une colère ancienne et sourde qu'elle habille d'un quotidien bien rempli, mais qui résiste, secrètement, à toutes les consolations de la vie. Alors, je lance une main au hasard et à tâtons, j'attrape la sienne et la serre fort dans la mienne.

Chapitre 6

Les questions sans réponse

– Oui, salut Thierry, c'est Pierre ! Pierre Baldance, oui…

Mélanie encourage son père d'un pouce levé et d'un clin d'œil ; moi, je voudrais disparaître tellement j'ai honte. Cette fille est infernale. Elle est capable de tout, rien ne l'arrête quand elle a quelque chose en tête. Et en l'occurrence, elle a en tête de mener l'enquête sur l'identité de ma mère biologique…

– Oui, bien, merci… Et toi ? Bien, bien… En fait, j'ai une question un peu spéciale, bon, ça concerne une amie de ma fille… Oui, Mélanie…

Pierre Baldance est aussi à l'aise avec ce coup de fil que mon père avec les relations humaines en général. Et pour cause : Pierre Baldance, sous la pression de sa dictatrice de fille, appelle un vieux copain gynéco avec qui il a fait ses premières années de médecine et qu'il n'a plus vu depuis des années… Mélanie lui manifeste des signes d'impatience dont le message est clair : VA DROIT AU BUT, *DADDY* CHÉRI ! Elle est quand même gonflée… Je l'adore.

– Tu fais des F.I.V., toi ? Oui ! Bien. L'anonymat des donneuses, c'est une règle absolue… Absolue, hein ? Oui, c'est bien ce que je pensais…

Alors, M. Baldance se lance dans le récit résumé de ma petite vie, ponctué de petites phrases du genre : « Tu sais, les filles, à cet âge… » Il en vient à gribouiller quelque chose sur un Post-it arraché du frigo et tout ça me paraît assez grotesque. Lorsqu'il raccroche enfin, il me regarde et soupire.

– D'après mon collègue, il n'y a aucun moyen de connaître le nom de la donneuse, et d'ailleurs… à quoi ça t'avancerait, Prunelle ?

C'est vrai, ça, à quoi ça m'avancerait ? Mélanie n'a pas l'air prête à renoncer… Ses yeux scrutent tel un radar le regard de son père pour y dénicher la moindre info supplémentaire. M. Baldance se rend, avec un soupir encore plus profond que le précédent.

– Ce que mon copain suggère, c'est que tu ailles faire un tour au centre F.I.V., à la clinique Sainte-Catherine. Le médecin responsable des fécondations *in vitro* est apparemment très sympa… Tu pourrais… parler un peu de ce qui te tracasse avec elle.

Il me tend le Post-it et j'y déchiffre un nom qui sonne et résonne fort dans ma tête : Josiane Leclerc.

Quelques heures plus tard, je marche dans le silence d'une nouvelle question : qui est cette femme dont le nom me paraît si familier ? Cette question a évincé toutes les autres qui embrouillaient mon esprit depuis le big bang. Et je la suis docilement, comme si elle agitait bien haut un parapluie criard indiquant « par ici ». Je la suis comme une touriste de la vie qui découvre l'existence en ouvrant des yeux immenses.

En lisant ce nom sur le Post-it que me tendait M. Baldance, quelque chose a basculé en moi, j'ai su qu'il était temps de continuer mon enquête toute seule, de laisser Mélanie sur le seuil un instant, et de rentrer à la maison. La parenthèse était terminée, la vie devait continuer et passer encore par ce dernier détour : une rencontre improvisée avec une femme qui m'a connue à l'état de moitié : ovule d'un côté, spermatozoïde de l'autre. Une rencontre pas anodine, assurément.

Dans le hall de la clinique, je me fraye un passage au milieu de blouses blanches agitées et de silhouettes perfusées qui marchent au ralenti. Au ralenti aussi, un groupe de femmes aux ventres énormes, agglutinées autour d'une femme qui contraste par son ventre plat et sa blouse rose. Sa voix résonne près des ascenseurs :

– … La maternité comprend seulement une trentaine de lits, ce qui nous permet de préserver une ambiance familiale… Nous allons monter au premier étage. Dans le même couloir tout au fond, il y a le centre de P.M.A., procréation médicalement assistée, le seul centre du département agréé pour pratiquer des F.I.V.

Mon cœur bat à cent à l'heure. Je vais avoir du mal à me fondre dans le groupe et à passer inaperçue. J'avise une porte indiquant les escaliers et je m'y engouffre.

Au premier étage, le couloir est vide. Je passe devant une grande salle entièrement vitrée derrière laquelle sont alignées des coques en Plexiglas. Je mets un petit moment à réaliser que dans chaque coque il y a un bébé. Pour chaque bébé, un nom, un poids. Mon regard est attiré par l'un d'eux, rouge de colère, yeux fermés, dont le cri me parvient étouffé. J'ai soudain envie de pleurer avec lui. Pour chaque bébé, un père, une mère. Autour de son poignet, un petit bracelet sur lequel est inscrit son identité, un petit bracelet qui le rattache à ses parents, par le nom. Qui sait si personne n'a triché ? C'est si vite fait, de se tromper ou de tromper.

Une jeune femme en blouse pousse la porte vitrée de la pouponnière.

– Vous cherchez quelqu'un, mademoiselle ?

– Euh… Non, je cherche le centre F.I.V.

Elle me lance un regard étonné. Tant pis.

– Vous continuez tout droit et au bout du couloir, sur votre gauche, il y a le secrétariat du docteur Leclerc.

Je l'entends et je le connais. Je connais ce nom. J'y accroche des lambeaux de souvenirs qui épaississent le mystère au lieu de l'éclaircir. Quelque chose me pousse à une audace qui ne me ressemble pas. Qui me ressemble peut-être.

Au bout du couloir, la porte du secrétariat est ouverte.

– Bonjour. J'aimerais voir le docteur Leclerc.

La secrétaire me dévisage silencieusement

en mâchant distraitement son chewing-gum. Quelques secondes passent sûrement, mais le temps n'a plus ni sens ni direction. En astrophysique, on appelle trou noir quelques lieux de l'univers où l'on suppose que toute matière est engloutie, temps compris. J'ai toujours pensé que c'était ce genre de points convergents où tout disparaît pour apparaître différemment. Et, à présent, j'y suis.

– Vous avez rendez-vous ? Vous êtes de la famille ?

J'hésite. Comme avant de déplacer mon roi quand je joue aux échecs avec mon père.

– Non.

– C'est à quel sujet ?

– C'est personnel.

– Installez-vous en face, en salle d'attente. Je vais voir avec le docteur si elle peut vous recevoir. Votre nom ?

– Prunelle Grandy.

Je me tasse sur un canapé trop mou, bras croisés, épaules et menton rentrés, armée pour attendre. Je ne bougerai pas d'ici avant d'avoir vu cette femme. Tant pis s'il faut dormir sur ce canapé cette nuit. J'appelle Bach à la rescousse, négligeant les magazines que vomit la table basse devant moi. Je m'enfonce dans une somnolence vigilante. « *Alea jacta est* », comme le rabâche la prof de latin. « Le sort en est jeté », plus rien ne m'appartient.

Dans la décontraction que m'offre la philosophie latine, je m'autoriserais presque un petit somme… Mais je sens soudain une douce tape sur mon épaule. J'ouvre les yeux et retire d'un geste vif les écouteurs de mes oreilles.

– Mademoiselle Grandy ? Le docteur Leclerc vous attend.

Trois couples lèvent vers moi un regard unanimement perplexe, teinté de mépris. Seule une femme isolée abaisse son magazine pour me lancer un sourire. Et ce sourire me donne, comme une mécanique dont il serait le premier rouage, l'impulsion pour me lever et suivre la secrétaire jusqu'à une porte entrouverte au fond de son bureau. D'un geste de danseuse, elle la pousse délicatement pour m'inviter à entrer.

Je découvre une sorte de jardin botanique. Sur le mur en face de moi, un alignement de plantes vertes, de petits pots en terre cuite remplis de terreau, de plantes fleuries, de plantes grimpantes dont l'une s'offre le luxe de ramper jusqu'au plafonnier.

– J'ai fait mettre une ampoule basse consommation pour qu'elle ne se brûle pas. Je l'ai rapportée de l'île de la Réunion, elle aime la chaleur.

Je reconnais cette voix. Mon regard retombe du plafonnier au bureau derrière lequel j'aperçois une petite bonne femme dont la chétivité contraste avec la profondeur chaude de la voix. Cette voix familière.

Nous nous regardons un long moment sans rien dire. Une émotion me court dans le corps et remonte jusqu'à ma gorge. Pas de tremblement de terre, pas de queue de diplodocus, pas de course contre la montre. Des larmes, simplement.

La vieille dame se lève et se plante devant moi, les yeux humides. Elle pose ses mains sur mes épaules.

– Je peux t'embrasser, Prunelle ?

Je bafouille quelque chose qui tend vers le oui et nous nous embrassons. D'une tape dans le dos, elle m'indique un fauteuil en rotin sur lequel je m'assois au ralenti. Elle prend place en face de moi.

– Je ne sais pas si tu te souviens de moi. Tu m'appelais Josy-Fleur.

Josy-Fleur. Une odeur de verveine fraîche me revient dans les narines. Une petite table en ferraille peinte, un tracteur miniature en plastique orange et un immense potager. Josy-Fleur. Ma marraine. Elle était partie pour un long voyage à l'autre bout du monde, et de fil en aiguille, n'entendant plus parler d'elle, j'ai dû l'oublier. J'ai reparlé d'elle une fois, il y a quelques années. Un jour où je suis tombée sur un vieil herbier que nous avions commencé ensemble. J'ai reparlé d'elle et un silence s'est ensuivi, un silence tendu dans lequel je n'ai pas voulu fouiller.

– Je suis vraiment heureuse de te voir, Prunelle. Cela fait bien dix ans que j'attends ce moment…

– Vous n'étiez pas… Enfin. Je ne me souviens pas très bien. Vous venez de rentrer de votre voyage ? dis-je bêtement comme pour prolonger un peu le mensonge.

Elle sourit tristement. Elle sait que je sais, toute seule, comme une grande. Elle sait qu'il faudra du temps.

Alors, je comprends. Ma mère a eu peur de tous ceux qui savaient et elle les a éloignés. Ma marraine, ma tante. Les personnes qui auraient voulu me dire ce petit secret de rien du tout qui a finalement grandi dans le silence.

– Je ne sais pas ce que vous imaginez. Enfin,

je veux dire… Jusqu'à tout à l'heure, je ne savais rien. Mon père m'a juste dit pour la F.I.V. Et je suis venue ici… Pour vous, il ne m'a rien dit.

– Ça, c'est vraiment incroyable ! dit Josy, les yeux pétillants comme une coupe de champagne. Ton père ne sera pas surpris. Einstein lui-même ne croyait pas au hasard. Tu devais bien savoir, quelque part.

– Je voulais… Je ne sais pas.

Et comme je ne sais plus très bien pourquoi je suis ici, je convoque le visage de Mélanie et c'est comme si elle prononçait à ma place :

– Je voulais retrouver la donneuse. Ma vraie mère.

– Ta vraie mère ?

L'expression n'a pas l'air appropriée. Josy me dévisage longuement. Puis elle se lève et s'approche d'une serre miniature posée sur son bureau. Elle revient vers moi en tenant dans ses mains jointes un petit pot d'où éclôt, comme un oiseau sortirait de son œuf, une mince pousse vert pâle.

– Sa mère à elle, qui est-ce, à ton avis ?

– Je ne sais pas… La terre, peut-être.

Josy se fige un instant. Elle semble réfléchir. Son silence suggère qu'il existe un monde où les questions restent sans réponse. Sans réponse unique et définitive. Ce monde m'attire et m'effraie en même temps. Je me demande si ça n'est pas ça, le monde des adultes. Tout simplement.

– La terre, oui. J'aurais dit ça aussi, il y a quelque temps. Seulement, la terre, c'est sa nature de faire pousser les choses. Ça n'est pas sa décision ou sa volonté qui fait pousser les graines qui lui tombent dessus. C'est comme l'ovulation chez une femme : ce n'est pas une affaire de volonté, c'est une histoire de nature. Chez ta mère, le corps n'a pas suivi son cours… naturel !

Ma mère.

– Alors tu vois, moi, aujourd'hui, je crois que la mère de cette petite pousse-là, sans prétention… Eh bien, c'est moi !

La mère de cette petite pousse.

– C'est moi qui l'arrose, c'est moi qui la couvre d'une serre pour maintenir la chaleur nécessaire, c'est moi qui lui donne un petit peu d'humus pour la nourrir et la faire grandir. C'est même moi qui ai planté sa graine, vois-tu.

Je vois.

– Et… Et moi ? C'est vous qui m'avez… plantée ?

Josy sourit.

– Oui, c'est moi. Il y a une femme qui a donné

un ovule, il y a ton père qui a donné ses spermatozoïdes, il y a les gens du labo qui ont pratiqué la fécondation *in vitro*, moi qui ai opéré l'implantation… Mais surtout, il y a toi qui t'es nichée, parce que tu as dû te sentir un peu chez toi dans ce ventre-là… Et ta mère qui t'a portée ; puis elle t'a mise au monde ; puis elle a dormi sur un fauteuil à côté de toi pendant un mois et demi quand tu étais en couveuse…

Ma mère couveuse.

– Le médecin-chef de la réa disait qu'il n'avait jamais vu une préma aussi vive, aussi tenace que toi. Moi, je ne me suis pas inquiétée pour toi. Je savais que tu survivrais, que tu apprivoiserais l'oxygène…

Ma mère recroquevillée sur un fauteuil, suspendue à mon souffle. Ma mère veilleuse.

Un mince filet de larme coule doucement sur chacune de mes joues. Je reprends le fil du début, il se déroule délicatement dans cette voix familière, ancienne, perdue et retrouvée. La voix qui me soufflait à l'oreille de bien soulever les feuilles des fraisiers pour y dénicher les petits trésors rouges et juteux de mes trois ans.

Je ferme les yeux pour écouter le secret de ma vie, ce petit secret qui flotte à l'horizon comme une bouée au large, et je nage doucement vers elle. Je sais que, bientôt, je pourrai m'y reposer.

– Le premier mois après ta naissance, tu étais branchée à une machine qui donnait ton taux d'oxygène, pour voir si tu respirais bien. Ta mère entrait dans la pièce et le taux grimpait dès que tu entendais sa voix. Sa voix à elle. Pas celle de la donneuse, tu vois ?

Ma mère fredonnant mes premières berceuses en attrapant une main minuscule par l'ouverture de la couveuse.

– Je ne pense pas que ta mère avait l'intention de te mentir, vraiment. Simplement, elle n'est jamais arrivée à te le dire. Elle ne savait pas comment te le dire sans immiscer ce doute dans ta tête. Ce doute qui te fait venir aujourd'hui pour chercher une femme qui n'est pas ta mère.

Ma mère prise par le même doute que moi.

– Et puis, c'est la couveuse qui a tout compliqué aussi. Ta mère était déjà privée de ta conception, elle a été en plus privée de la fin de grossesse. Elle s'en voulait terriblement de t'avoir expulsée du nid trop vite. Bêtement d'ailleurs. Toutes ces petites choses qui lui donnaient l'impression d'être une « maudite de la maternité ».

Alors, elle a essayé de se rattraper. De se venger du destin.

Ma mère à qui mieux mieux.

Je pleure et je n'aurai jamais fini de pleurer. J'entends une histoire que je connaissais déjà et que j'ai docilement oubliée. Par amour peut-être. Pour celle qui m'a fait naître. Mais j'aurais pu l'aimer plus fort. Pas par obligation, mais par choix. Pas à cause du mode d'emploi.

Je l'aurais adoptée, sans hésiter.

Je ne sais pas combien de temps passe encore. À en croire ma fatigue, il est minuit passé. Mais dehors le jour est clair. Contre toute attente, la tristesse se tarit, et les larmes avec elle. Un pincement de curiosité me remet en alerte : j'ai survécu au séisme et, de mes yeux aiguisés, je dévisage Josy-Fleur. J'ai mille questions à lui poser. Elle doit me sentir aux aguets, car elle rompt le silence sacré dans lequel nous avions laissé ma tristesse s'épuiser :

– Ça te dirait de venir faire un tour avec moi au labo ?

J'acquiesce avec une énergie nouvelle, tandis qu'elle se glisse derrière son bureau. Elle appuie sur une touche de son téléphone. Une voix grésille :

– Oui, docteur.

– Martine, vous voulez bien annuler toutes les consultations de la fin d'après-midi ?

Silence plaintif.

– Ils ne vont pas être contents contents... Certains sont déjà venus se plaindre...

– Eh bien, tant pis !

Et elle raccroche avec le sourire espiègle d'une gamine qui fait l'école buissonnière. Dans les interminables couloirs qui relient la clinique au laboratoire, Josy me raconte comment elle s'est disputée avec ma mère. Comme ma tante, elle était partisane de me raconter les choses naturellement, le plus tôt possible, avec les premières questions du genre : « Comment on fait les bébés ? » Mais quand elle abordait le sujet, ma mère entrait dans une colère folle, jusqu'au jour où elle lui a demandé de ne plus mettre les pieds à la maison. Elle n'a pas pu faire pareil avec sa sœur, mais ma tante, d'elle-même, a retiré ses billes du jeu, tout en revendiquant le droit de garder le contact avec moi.

– C'était pas après l'histoire de la queue de diplodocus qu'Anne s'est fâchée avec ma mère ?

– Après l'histoire de quoi ?

Josy éclate de rire. Je souris en lui faisant signe de laisser tomber.

– Je t'expliquerai une autre fois…

Je lui dis « tu » et de nouveaux morceaux se recollent les uns aux autres. « Josy-Fleur, tu sais, toi, pourquoi les humains y sont faits comme ça ? » Cette phrase me revient dans la tête et je me vois descendre un chemin de terre en lui tenant la main.

– C'est bien que tu aies continué à voir ta tante… Je ne la connais pas très bien mais j'imagine que ça a été difficile pour elle de garder ce secret…

Ma tante, Tatanne. Toutes ces années, elle passait par mon père pour venir me chercher à l'école parfois, m'emmener au parc, ou même me prendre le week-end chez elle.

– Ton père, je l'ai vu de temps en temps. Ça m'a permis de savoir l'essentiel sur toi. Au moins une fois par an, nous allons manger ensemble au restaurant. Nous sommes des amis de longue date ! J'étais sa prof de biologie, à la fac. Nous avons beaucoup d'estime l'un pour l'autre…

Nous parlons, encore et encore, nous parlons comme de vieilles amies qui ne se sont pas vues depuis longtemps, nous rattrapons le temps. Au labo, Josy me montre un ovule grossi quarante fois à la loupe électronique. Puis un embryon de deux jours qu'elle doit transférer demain. D'un seul œil, je contemple un grand mystère, avec les mêmes sensations vertigineuses que j'ai au planétarium, derrière le télescope. Et cette fois-ci, devant l'infiniment petit, je me pose cette infiniment grande question : quand commence la vie ? Par où commence une personne ?

Sans y prendre garde et sans que personne m'y pousse, je mets un pied dans le monde des questions sans réponse.

Épilogue

Je lance un regard en coin vers ma voisine, blanche comme un linge. Je ne peux pas faire grand-chose pour elle à part rester calme moi-même…

Ce que je dois à ma mère, c'est de n'avoir peur de rien. Elle a tellement eu peur pour moi que, d'une certaine manière, j'ai obtenu une dispense.

Un coup d'œil par le hublot : c'est fou de traverser une couche de nuages, mine de rien.

Un jour à table, quand j'ai lancé cette idée de voyage, entre le fromage et le dessert, ma mère a dégluti bruyamment. Mon père lui a administré un petit regard sévère et, le samedi suivant, nous étions tous les trois dans l'agence de voyage pour réserver mon billet. Ma mère avait courageusement avalé la couleuvre. Sans faire trop de nœuds dessus, comme dit Josy. Quand mon père a demandé un vol pour deux personnes, mon sang n'a fait qu'un tour : j'étais de nouveau trahie…

– Tu ne crois quand même pas qu'on va te laisser prendre l'avion toute seule ? a dit ma mère d'un air espiègle que je ne lui avais pas vu depuis longtemps.

Quel mauvais coup… Il n'était PAS QUESTION qu'elle vienne avec moi ! En voyant mon visage devenir rouge de colère, elle a éclaté de rire.

– Tiens, a-t-elle dit en me tendant le deuxième billet, c'est pour Mélanie !

C'est la première fois que je prends l'avion, bien sûr.

Je me suis planté la première suite pour violoncelle de Bach dans le tympan gauche et tout s'est fait en douceur. J'ai incrusté de force l'autre écouteur dans le tympan droit de Mélanie qui avait déjà vidé son tube homéopathique de Gelsemium. Un truc que sa mère prend en coulisses avant d'entrer en scène, paraît-il.

Bizarrement, après cette journée démente où ma vie a basculé, à la maison rien n'a vraiment changé. Non, ce n'est pas tout à fait vrai.

Ce que je veux dire, c'est que vu la force du

séisme, j'aurais pu m'attendre à un changement plus radical dans le paysage familial. Ce qui est surprenant, c'est le contraste entre la détonation violente du big bang et le flottement léger des petites particules éparpillées qui suivent avec naturel leur petit bonhomme de chemin. Comme si de rien n'était.

Il y a une seconde, l'avion était encerclé par d'épais nuages gris et, maintenant, nous les survolons de loin dans un ciel bleu surréaliste. Comme quoi, tout est une question de point de vue.

Le jour où j'ai retrouvé Josy-Fleur, en la quittant aux portes de la clinique, alors que le jour commençait à décliner, je ne suis pas rentrée à la maison. Il fallait un sas de décompression. D'abord, j'ai marché lentement sous un petit crachin bienfaisant. Il me semblait qu'il était un peu salé, à moins que ce ne soit les résidus de sel laissés par toutes les larmes que j'avais versées cet après-midi-là. Un bus est passé à ma hauteur, celui dont le terminus est à quelques minutes de chez ma tante. Il m'a soufflé la direction à prendre, mais j'ai poursuivi la route à pied.

Dans ma tête, les cellules dansaient, se divisaient, s'agençaient. Les chromosomes se séparaient, un ruban d'A.D.N. s'entortillait. Et rien de tout cela ne me disait pourquoi je suis celle que je suis. À peine avais-je obtenu une information sur mes yeux : certes, ils avaient peu de chances d'être verts comme ceux de ma mère.

Le bleu. Le bleu du ciel, là. C'est comme si ça n'était pas possible…

En marchant encore ce jour-là, alors que la nuit commençait à tomber, je finissais de recoller les morceaux du puzzle avec, au centre, la pièce collectée le même jour. Celle qui manquait jusqu'alors. Tout prenait forme mais, à vrai dire, ça ne changeait pas grand-chose. Au mieux, j'avais obtenu la réponse à une question que je ne m'étais jamais vraiment posée : pourquoi ma famille se lançait-elle si peu dans de grandes tirades sur les ressemblances, tandis que chez les autres on s'adonne joyeusement à ce sport familial ? Le portrait craché du grand-père, le même sale caractère que l'arrière-grand-mère… Les mêmes yeux que sa mère.

Qu'est-ce que ça pouvait bien faire ? Je souris au souvenir de ma copine Fanny qui trouvait que je ressemblais comme deux gouttes d'eau à ma mère.

Une hôtesse annonce au micro que le décollage s'est bien passé et que nous pouvons désormais détacher nos ceintures. Mélanie desserre légèrement sa main qui agrippait jusqu'ici l'accoudoir avec ténacité.

J'ai passé quelques jours chez ma tante. Je la regardais avec son ventre encore tout plat, et je n'arrivais pas à faire le lien avec l'image de l'échographie. Je me demandais si ce bébé avait déjà décidé qui il était, si quelque chose de sa vie était déjà écrit dans ses gènes, ou dans un livre à part – mais lequel ? Je me demandais s'il aurait les yeux verts.

Quand je suis rentrée chez moi, après une semaine sans avoir vu mes parents, il s'est passé la seule chose que je n'avais pas envisagée : RIEN.

Pas de grandes effusions, pas de grandes discussions. Je suis rentrée le mercredi soir, ma mère avait fait des endives au jambon, nous sommes passés à table et j'ai parlé de ma dernière interro de maths. Ma mère avait quelque chose de changé, je n'aurais pas su dire quoi. D'une certaine manière, je la trouvais rajeunie.

Je suis assise au niveau de l'aile droite de l'avion. À le voir flotter comme ça dans les airs, glisser comme si quelqu'un avait juste un peu soufflé dans son dos, j'en oublierais presque ses efforts de tout à l'heure pour se détacher du sol. La loi de l'apesanteur. De la pesanteur, aussi.

J'ai aimé que ça se passe comme ça, à la maison. Une légèreté nouvelle. J'ai aimé les semaines et les mois qui ont suivi. J'ai aimé qu'un jour, sans prévenir, ma tante passe prendre l'apéro et nous invite au vernissage de son expo sur les Touaregs du Sahara. J'ai aimé que ma mère se libère ce jour-là pour venir avec moi.

J'ai aimé voir ma mère à côté de ma tante, attraper au vol un petit-four qui lui passait sous le nez et le tendre à sa sœur avec malice, désignant son bidon tout rond qui commençait à pointer sérieusement vers l'avant. J'ai aimé entendre ma mère appeler sa sœur Tatanne. Ma tante a feint une profonde contrariété :

– Tu vois, Tatanne, ça vient d'elle aussi ! Il m'a fallu tout ce temps pour lui pardonner… Ta mère a l'art de donner des noms ridicules.

J'ai aimé que ma mère rie avec nous, que nous riions toutes les trois ensemble.

J'ai moins aimé que ma tante se fasse la malle au Maroc et finisse par s'y installer. C'est là qu'elle a construit son nid, pour la raison valable que le père de son fils est marocain. Avec un argument pareil, c'était échec et mat et j'avais perdu la partie.

L'avion survole la Méditerranée. Mélanie me

souffle que d'après son père, par temps clair, on peut apercevoir des baleines. Elle a repris quelques couleurs, ça lui va bien. L'important, finalement, c'est de réussir le décollage… Et l'atterrissage, aussi.

Le mois dernier, Anne a téléphoné pour annoncer la naissance de mon cousin. Moi, j'ai crié et ma mère a pleuré. Ismaël.

Elle a appelé quelques heures après avoir accouché, le 6 juin. Derrière la voix de ma tante, j'entendais Ismaël pleurer, et son père tenter de le consoler en arabe. Je ne comprenais pas et je comprenais. Ma tante avait une voix nouvelle – une voix de maman, a commenté ma mère qui l'attendait depuis longtemps de ce côté-là de la barrière. Une voix qui tremblait de joie :

– Ton cousin, Prune… Il est beau comme un dieu ! C'est la septième merveille du monde… Si c'était pas déjà pris, tu vois… je l'aurais presque appelé Prunelle !

Il est temps que je vienne sauver mon cousin du tout récent délire maternel de ma tante.

Il me semble que l'avion a pris encore un peu de hauteur… Dans quelques heures, je contemplerai le petit dieu de mes propres yeux.

Table des matières

Marion Muller-Colard

L'auteure

Marion Muller-Colard est née en 1978 à Marseille. Après une enfance drômoise, une adoption alsacienne et un doctorat de théologie, elle publie son premier roman, *Prunelle de mes yeux*, aux éditions Gallimard Jeunesse. Suivent des récits et essais théologiques aux éditions Labor et Fides, distingués par plusieurs prix, ainsi que des contes philosophiques chez l'éditeur Les petits Platons (*Le Professeur Freud parle aux poissons*, *Le petit théâtre de Hannah Arendt*). Son deuxième roman pour la jeunesse, *Bouche cousue*, qui paraît en 2016 dans la collection Scripto, est aussitôt salué par la critique. À l'automne 2018, elle publie son premier roman pour adultes aux éditions Gallimard, *Le Jour où la Durance*. Elle vit en Alsace avec son mari et leurs deux enfants.

Lisez un autre roman

tendre et drôle

dans la collection

FOLIO JUNIOR

UNE GAULOISE
DANS LE GARAGE À VÉLOS

Florence Thinard

n° 1599

Dans le garage à vélos de la tour du Provence, pas de vélo… juste Chloé, neuf ans, échappée de son foyer d'accueil. Au sixième étage, quatre garçons, Yassin, Mokhot, Prosper et César, vivent chez leur mère adoptive, Mamadi. Attendris par la petite Gauloise, les copains ont décidé de la cacher. Mais ça ne va pas être facile. La police qui la recherche, un concierge imbibé, des dealers enragés… Et encore, tout ça n'est rien à côté du troisième œil de Mamadi !

Le papier de cet ouvrage est composé de fibres naturelles renouvelables, recyclables et fabriquées à partir de bois provenant de forêts plantées et cultivées expressément pour la fabrication de la pâte à papier.

Mise en pages : Maryline Gatepaille

Loi n° 49-956 du 16 juillet 1949
sur les publications destinées à la jeunesse
ISBN : 978-2-07-511965-8
Numéro d'édition : 343772
Dépôt légal : décembre 2018
1er dépôt légal : novembre 2011

Imprimé en Espagne chez Novoprint (Barcelone)